unknown

目次

I

装丁　かじたにデザイン

unknown

アンノウン

I

重心

焼きあげて型より出だす鯛焼の余れる皮は鋏もて切る

鯛焼を頭から食いちぎるとき暴れやまずも掌のなかの尾は

人界の上にひろがる雲のむれ多《さわ》なる電気コードを垂るる

重心がついに踵の線を越えひっくり返って泣く男あり

壇上は吉本隆明大根の胡瓜の今日の値を説きやまず

雲間よりハンバーガーが降る時を道に拾いてわれも喰らえり

額縁店の壁に我、我、我、我、我、我を充てよと額のひしめく

ごみ袋積めるなかより肉厚き葉をのべ出でつ鉢のアロエは

駅前の放置自転車撤去さる湯槽の垢をすくえるごとく

manger

教会に道を隔ててカフェありきサルトルが眼鏡失くしたところ

未来、未来、未来へ自己を投企せよ。皿にオレンジの皮積みながら

木《こ》の暗《くれ》にビュッフェのおんなを佇たしめてかたえ過ぎ来つ幹にふれつつ

食われしのち殻洗われて再びをその身詰められたるかたつむり

縛られて月桂樹の葉を散らされていよよ焦げゆく一塊の肉

皿さげて後のましろきクロースにパン屑は散り葡萄酒にじむ

パリの夜を徘徊しつつ焼栗の殻落としゆくポケットの底

フランスの尼僧の白き腕《ただむき》に醸せるジンは飲めども酔わず

灰皿におんなのゆびの消す煙草ふいに吸いつきたしリビドーは

傾ける皿のババロアひしゃげつつ揺るるをふたつ交互に吸えり

天空の傷おおいたる綿雲を血のにじみそむ首都の夜明けは

窓の下ゆくハイヒールの音聴けば踵をしきりにひきずりて行く

ハイヒールにおさむる足はオーガズムの擬態にして纏足に似る

酔い痴れてぼうぼうぼうぼう山鳩の啼き声まねて行く朝の道

浮浪者の吐く息しろく何か言う。何かにmanger《たべる》のみ聞き分けつ

フレディ

街川に男の黒き傘死んで濯《そそ》がれているところを過《す》ぎる

頭髪の刈りに刈られて散る床をわが靴底に踏みて帰り来

パンチパーマかけ損ないのマネキンの首捨ててあり「燃えないゴミ」に

店先にオリーブの鉢値上がりすそのオリーブの実をつけたれば

注ぎたる紅茶の底にうつぶせにヤグルマギクは花弁をひらく

鼻先をおんなの髪に埋むるときどくだみの葉はあおく香れり

溢れ出る性ホルモンの支配下に手近な娘に初恋をしき

鳥籠が鳥を探しに行くようなははそはの母の愛疎ましい

「ぼくは男《きみ》を愛するために生まれた」とフレディ唄いき胸毛濃かりき

流れ出す血はさみどりに光りつつヒトのはびこる星に死にゆく

缶詰

電球の照らす西瓜は売れ残り錆びた緞帳引かるるを待つ

機械もて搗きて丸めて串打てる団子は端正すぎれば買わず

蛸の足いっぽんいっぽん切り落とし陳列なせり値札をのせて

鉄鍋に溶けむがために角切りの牛脂は白し籠に盛られて

深鍋にわが四肢折りて煮てみむか肉のとろけて骨見ゆるまで

投げ入るる空《から》のトレーの大小はわが喰らいたる生き物の棺《かん》

「一〇〇円引」さらに「半額」翌日は「ドッグフード」として売られけり

わが肉《しし》が缶詰として並びたる想念やまず缶詰買えば

特売の缶詰にわがししむらの缶もまじるをわが買い漁る

πｒ二乗

鴉啼き、雀囀り、犬吠えて、やがて人間が雨戸繰る音

πｒ二乗の範囲に鶏の骨埋めつつ犬の鼻土まみれ

首輪引くわが手力に抗しかね歩み出しつつ糞を落とせり

つながれて歩み出だせどおのずから鼻はたのしむ風の匂いを

人間に精神《エスプリ》ありて動物は機械にすぎずとデカルト記す

やすやすと鉄網の目をくぐりては餌場に降りて漁《すなど》る雀

バケツ十杯ばかりの水に満ち足りてしろがねの魚は鰓に息せり

窓の字はライオンがあくびしていると詩人きどりで九歳のおれ

檻内に鵞鳥眠りて嘴はコンクリートの地面を小突く

白熊がガラス窓蹴り泳ぐとき足の裏なる灰色は見ゆ

檻出でて冬日明るむ雪の道踏むときはつか笑わむ心

ネバダ砂漠

窓外に砂漠ひらけて塗りたくるごとき緑はゴルフ場なる

インディオの履きにし草鞋の足跡を展示す化石標本として

侵略者《インベーダー》はこんな感じで歩みしか革靴しろく砂にまぶれて

盛衰を経たるカジノに羽振りよき貧しきイタリア移民の末裔《すえ》は

カード配るディーラーの面《つら》を見渡すに、黒あり、褐《かち》あり、黄あり、白なし

おもちゃ屋で売る人形に黒きありカフェオレ色に塩梅されて

ルーベンス描きし裸婦の肌しろくいや白くして紅《くれない》のさす

乳房《ちちふさ》もあらわにイブに誘わるるるアダムを怖じけるごとくに描く

アダムとイブに臍《ほぞ》のくぼみを描くときほとばしりけむ人間中心主義《ヒューマニズム》は

かくれんぼ

隧道の壁流れつつ白光《はっこう》の生《あ》れては流る一つまた一つ

窓外の線路のかたえに積む泥はざりがにの朱の骸《から》まじりたる

石塊の阿羅漢どれも埃づき一円五円を頭にのせつ

かくれんぼの上手なあなたは羅漢果を持ちて澄ました顔に立ちたり

黄銅鉱、方鉛鉱など担ぎゆく。さざえの殻の灯明《ランプ》を手に手に

銀山に二十歳足らずで死ににけり「間歩《まぶ》観音」と彫るただの石

かくれんぼの下手なわたしは駆け出して鳥居千本くぐり帰らず

鼻

山道に茸《たけ》のとりどり見て行けば不幸なるべし毒なき茸は

天井より落ちくだる湯のひとすじを頭頂骨に受けつつ坐る

射的場に土人形のいろ剝げて雛も坐せり撃ちてし止まむ

十歳馬先頭に来ればわが握る串より落つるこんにゃくの玉

旦那様宛に北斎が書きて遣るとんがる丸は玉子乞うらし

秋の虫鳴く草原を踏みあゆむ今宵踏まるる虫のあるべし

里芋のほどよく鍋に煮えたれば禅智内供の鼻削ぎ入れよ

帽子

鳥追うと枝にくくれるペンキ缶いたく錆びたり枝は芽吹きて

しなびたる茄子の財布に硬貨選り福福饅頭買うはわが父

「おばさん《アジュンマ》」と呼べど声なく鉄板の上に焼かれているめろんぱん

おこのみやき焼き疲れたるゆうぐれに焼いて食うとぞおこのみやきを

鉄板に爆ずる油のしみとおる雅子さんの帽子は今日も紺

「日本人はこうせな生きていけんじゃなぁ」皇居に旗を振りにき父は

千代田区の千代八千代なるどーなつの穴の空虚を皇居といえり

わが父のうちに聳ゆる金次郎ひたむきに金貯めき戦後を

啜れども雑魚の香りの薄ければ飲み干してのち鉢置くわれは

腹ふくれて店出でしとき松の木のかたえに地蔵の前垂れ赤し

軍手

泥乾く鍬のかたえに軍手あり父の脱ぎたる形のままに

袋詰めに転がしてある腐葉土が減りたり夏の草生い出でて

乾びたる畑の土に拒まれてまた拒まれて這う蚯蚓あり

這いながら蚯蚓は弱りゆくらしも兵隊蟻を一匹のせて

靴下に十円玉鳴らし、ちゃり、ちゃりと畳を歩むみずむし父は

「身に弾が当たらにゃ実感ありゃせんわい」父は冷えたるトマトを啜る

田夫茂吉は「赤茄子」牧水は「トマトー」と間延びす「トマトー」ぞよき

トマトーは立ち枯れにけりずっしりと遺伝子詰まるその実を垂れて

脂ぎる鰻の身をば箸に割く食わるるために太りたる身を

弱りたるかなぶんならんとつっつけば飛び立ちにけり羽音唸りて

葡萄棚に羽音激しもかなぶんは青葉にひかりの穴穿ちつつ

ゲルニカ部分

検定済世界史教科書第Ⅲ部扉にピカソ作ゲルニカ部分

板門店のマイクロフォンの線上を反覆横跳び左へ右へ

「侵略」は戦後の言葉とざくざくと又ざくざくと筍を食む

水に散るメダカの餌が沈みゆく落下傘爆弾の速度に

インベーダーゲームの画面は弾の雨逃れのがれて俺跳びはねる

盛り上がる泡の自転に投げ入れつ精液乾ききらぬパンツを

ポカリスエットの缶の青さは〈何度でもやりなおしのきく人生〉の嘘

うみぞこのいわまがくれのさざえつかみごぼごぼごぼとわれさけびけり

食いたくもなき西瓜食う夏の夜のかごに飼わるる甲虫おれは

食らい残す羽根幾枚《いくひら》とむらさきの砂肝はあり夏草踏めば

虫かごの蓋に断たれてかまきりの頭が夏の砂の上に落つ

捕らえたるばったは草をしく籠にことごとく死す夏の一夜に

ざりがにを母ゆであげし八月のわが絵日記に描く大量殺戮《ジェノサイド》

死ぬ時は

いつの日か止まる鼓動のわが音を聴くひざまくら耳おしあてて

死ぬ時は眼球《めだま》をひとにくれてやらむ世界が斜に見える眼球を

掌《てのひら》に余る女の乳房をまさぐりつかみながら死なまし

果てしなき闇のもなかに乳牛《ちちうし》がおっぱい垂ると言いて死なまし

怪しみて布団をはげば竹輪麩が寝ていたるかな俺の代りに

つつじ咲く段葛の道むらさきのその花むしり棄てつつ歩む

土砂降りのひかりのなかを自転車で走る僕らは笑い続けて

屁の匂いまで一緒なの、と笑う妻の、まろきほっぺた、水仙の花

陽のあたる畳の上をうねりつつ革のベルトが這い出しにけり

グラス

ウインドーのなかの空《うつろ》を見つつ行く床の埃に陽のあたれるを

列をなすひとりびとりに「当たりますように」と返す籤売りの声

視る群に分け入り視ればテーブルの傾ぐ面《プラン》に果物を置く

あかあかと鍋にたぎりて圧《お》し合いし苺のいまは静まりてジャム

乾び果て醜く皺む紫陽花の球を崩せりわが掌のなかに

つまみたるとろろこんぶをひたしゆくごとく湯ぶねに身をしずめたり

湯あがりの手をのベタオルとるまでをいちじくの葉で隠せり妻は

〈いましがたジャムをこぼした俺〉消えて俺は着ている染みあるシャツを

接着せる脚にグラスは立ちながら大晦《おおつごもり》の夜を注がる

猫

朝はやきなだりの藪は鶯が過密に棲みて啼き競う声

ヒメダカが孕みてひとり残りたる鉢をかなしむと言うにもあらず

散り終えてのちにみどりをしぼり出すソメイヨシノの小賢しさかな

道端のねこじゃらしの葉青き葉を選りて引き抜く家近ければ

偶然と必然と鬩ぎあうところ草むらに錆ぶ空缶ひとつ

死にかけの蟬啞えきて翅もぎて脚もぎて部品となしゆくはよし
閉じこめて飼う猫ひるの眠りふかしかたえに寝ねてたのしむ妻は

unknown

傘立てのビニール傘に差異ありて抜きて眇《すが》めてわが傘さがす

蕎麦二枚啜りて終わる昼にして久しく女陰《ほと》の匂いを嗅がず

かなぶんが狗尾草《えのころぐさ》の穂を抱けばはつか撓いて平衡得たり

大阪の納豆の糸切れやすく放《ほ》るべかりけり苦手の事は

この雨は小糠雨なり傘閉じて菲菲《フィーフィー》くちずさみつつ歩く

蒸し春巻のもちもちとふにゃふにゃとかつて「難民」営む店は

そのかみの小船《ボート》に漂い来しひとの黙して置ける春巻の皿

キャベツのきれっぱしが路上にはためくと見れば大きな蛾が死ぬところ

河岸に並べる見れば板覆うブルーシートを様式となす

汚れたる指もて蕎麦をたぐりあり　性は女か男か知れず

《完全に無名なる者《a complete unknown》》　貧困の本質をボブ・ディラン唄いき

鳩サブレー

傘ひらき干す玄関を出で来れば白粉花はなべてしぼみつ

引き抜きて卒塔婆は笹の藪に棄つ青きビニール紐に束ねて

山鳩啼く路の鏡に映れるはわが貌ならむ溶けて過《よぎ》れる

林間の道にくぬぎの落葉踏むふみしだかれて屑となれるを

鳶低くめぐれる山の頂にからだひろげてしばらく眠る

「鳶」の項に並ぶ十五首うち五首に鳶と鴉は争いてあり

線路脇にたおれし猫を争いて一日つつけり嘴太鴉《はしぶと》四、五羽

鴉追いくだれる鳶は枯草の水のたまりのほとりに休む

駅頭に待ち人を待つ六分間あればわが買う鳩サブレーを

角砂糖

ミルの歯が珈琲豆を砕きゆく。緩慢な緩慢な緩慢な、死。

書きなずむ原稿ありてペン先をコーヒーの湯気にあたためている

わが庭の金木犀にも足とめて品評をなす観光客は

〈幸福〉を均しく割りてつづまりは見失いたり市民《シチズン》われら

感情生活まこと乏しく戦中もこんなだったかただ勝たんとして

ひさびさに語れる友は爪長く煙草の灰をみだりにこぼす

コーヒーの底に沈めし角砂糖溶くるを見する秋のひかりは

秋の椿

洋梨の熟れて黒ずむ四、五個ありセザンヌ描《えが》き終えたるときに

抑圧は筆先にこそ宿りけめ球子が初期に描きし枇杷の樹

頂《いただき》のやや傾きて富士の絵の屈託なき反社会性はも

守一が書ける「自然」は文字なるを拒みて裸婦のデッサンに似つ

公園の銀杏の下は葉緑素分解終えたるのちの眩暈

井上有一の書のごとき親子丼来ればかきこむわが溺れつつ

街灯のあたりの闇にみっしりと枝張りいたり秋の椿は

葡萄

狛犬の顔の崩るる社より坂幾曲がりのぼりたる家

わが妻を育みし家開けに来て蜂の営む巣を破壊せり

「共存はできないのよ」とサンダルの底もて蜂の子を踏む妻は

柿の実は鳥に食われて裸木の枝先に蔕《へた》黒く残れる

納戸より李朝の鉢の出でて来つ蚊遣を焚きし脂跡《やにあと》しるく

神棚を父はペンキで白く塗り母は赤チン鯨尺載す

掬いたる灰にまぶれて曲がり釘一本出でぬ道化のごとく

芙蓉切り柿切り松切り八手切り棕櫚と電信柱と残る

炬燵あり蜜柑が積まれてあることの幸せなりし時過ぎにけり

荒れ庭は荒るるがよけれ主《あるじ》なき葡萄の房は摘まずに帰る

葡萄の樹老いて枯れむとする際に房あまた垂る甘きその房

冠雪

日もすがら本を運びて階下《きだ》りわが古家の重心を下ぐ

藪椿咲き乱れたる枝揺らしメジロは足るを知れば歓ぶ

水涸れて溝に落葉の溜まれるを蹴散らしにつつ踏みつつ歩む

エンジンをかけたるままのトラックの窓に対なす足の裏見ゆ

柵として再利用せる枕木は栗の大木なりしわが触る

枕木は傾きて立つ朽つるまで有刺鉄線たわませながら

わがうちに棲まざる父が鮭買いに昨日寄りしとこの魚屋に

皮剝の身はみずからの潰されし肝にまみれて皿鉢の上

燠《おき》のごと父は手帳に持ち歩く朝日歌壇に載らざりし二首

ごみ袋置きて帰れば富士山の部分《パーツ》の電線越しの冠雪

Ⅱ

損益分岐点

窓の外《と》は線路沿いなる雑草の形象《かたち》崩れて流るるみどり

踵上げて爪先上げてまた踵上げて堪《こら》うる立ちつつ乗れば

わが立てる前の隣の席が空き隣の前の背広が座る

教科書のネアンデルタール人立ち上がりつぎつぎに朝のビルに入り行く

昇降機が黴のにおいを吐き出せる七階フロアにありてなじまず

複写機がホチキスどめまでするからににぎりめし二個食い終わりたり

わが喰らう三文字略語のパレードの総資産利益率《ROA》また自己資本利益率《ROE》

読み進みて損益分岐点分析の公式のまえ午後とどこおる

昇格試験を受く。

鉛筆にもの書くは久しぶりにして削れる粉を筆入れに捨つ

踊り場に置けるアルミの灰皿を囲むひとらにわがまじりゆく

体折りてペンを拾えばライター落ち煙草落ち携帯電話が落ちる

焼きたてのホットケーキを顔面に圧しつけられている心地なり

夜の道帰りゆくとき感情の戻りたるらしわが鼻唄は

朴の木

汐留に聳ゆる本社ビルディングその影のなかわが歩みゆく

新橋より京橋までを並び立つ銀杏と知らず俯くわれは

昭和通りに銀杏植えむと恣意的に決めたるときのその快楽《けらく》はや

街路樹のマロニエの幹見つつ行く枝落とされて瘤の見ゆるを

昼遅く立ちながらひとり食う飯の掻き寄せて食うカレーライスは

名にし負う「マロニエ通り」に朴の木の混じるを根こそぎ運び去りたり

マロニエの苗の並木に朴の木を混ぜて植えけむ儲けんとして

どこよりか槐のはなのこぼれ来ぬ食うべ終えたるカレーの皿に

澱粉を燃料として一っ走り昔痩せたる日本人《にっぽんじん》は

シャチハタ

地上口ひらく階段のぼりゆくひかりつつ降る埃のなかを

地下鉄に居眠る男の禿頭に噴きたる汗の暑かりしかな

依存心強き若者を議題とし「女っぽい」と言いては嘆く

男五人女六人採用し本音は男が欲しいと嘆く

《Ego cogito, ergo ego sum.》《エゴ・コギト・エルゴ・エゴ・スム》デカルトの ego は透明なる中性詞

舞い上がる自分を抑うる術知らで「真野」のシャチハタ逆《さかさ》につけり

〈達成感〉とは何かを説きてつづまりは猿に手淫を教え込むごとし

大皿の減りゆき一貫残りたり蠟細工のような赤身をのせて

かがやける床の面に吐《たぐ》りたるものをひろげて夜の地下鉄

佐野君

あたふたと朝を出で来しわが手はもビニール傘を二本つかみて

文房具売る店先に子供らを嚙むという犬見て今朝も過ぐ

口頭に聞きてメモする懲罰の「けんせき処分」また「ゆしかい雇」

同じ道歩きおりしが佐野君は板きれの釘踏みぬきにけり

とのぐもる町の空より降りしきる赤錆に身の錆びつつ歩む

佐野君の留守の戸口に古新聞積み整えて紐かけてあり

スーツ着てネクタイ締めて靴下の白を履くとき佐野君になる

ブロックのあみだくじなす壁の溝を蟻下りゆく迷いもなくて

テーブルにふぐ刺一皿運ばれて契約解除を言い出さんとす

しゃり乾き皿に崩れてわがまえを幾たび廻る座りて酔えば

駱駝

社内通報システム成りて通報さるトイレに煙草吸うとてわれは

砂かぶる公園の土に影落としひとり煙草を吸いにけるかな

前脚を砂に埋めて動かざり瘤のペンキの剝げたる駱駝

条例を加勢としつつ小市民来たりて注意す煙草を吸うを

そのかみの応接間には煙草盆ありて煙草をすすめしものを

歌なすと文机出しあかがねの灰皿据えつ文士のように

文学とは反社会的営為にして文学をまた煙草を好む

開高健吸えりアメリカ兵吸えりベトコン吸わず銃火のなかを

一九六四年、開高はサイゴンに赴いた。

何故に惜しむ命や健康にわろき煙は肺ふかく吸う

たらちねの母の乳房と両切りの煙草はどこまで吸えばいいのか

引き寄せし土屋文明全歌集頭《こうべ》になじみしばらく眠る

手紙

留守多き隣の裏の板塀に榾木《ほだぎ》四、五本立てかくる見ゆ

猫が耳立つるは何とわが聴けば階下に妻の洟をかむおと

妻とゆきし伊豆大島の思い出がロープに揺るる雑巾となりて

ぬばたまの嘴太烏訪いけらし戸口に瓶のかけらを置くは

何処にも詩があるならば湧き出でよ「ケトルポット取扱説明書」

一束の素麺に巻く帯ほどくぐらぐらと湯の煮え立つ今は

寺田寅彦

頭蓋内に路地裏ありて澄みわたる七味唐辛子を売り歩く声

黒沢明の、どの映画だったか。

水車小屋焼け落ちながらその炎《ほむら》映る面を水車は搔けり

ひきだしの旧約聖書に棲みつきて紙魚食いあらすヨブの受難を

敷石に跳ねつつ馬車は速度上ぐカフカ二十歳《はたち》の手紙を読めば

駁論を書き終えむ頃、キャンディの缶はすっからかんになりたり

山椒

わが摘んで束なす土筆あくる日ははやだらしなし頭《こうべ》乱れて

鉄網の際になずなは群れて咲く止まるタイヤの届かぬところ

花見の「見」は「見ゆ」ならむ見むとして動くわが眼の煩わしけれ

四月一日、母は古稀を迎えたはずだが、連絡せず。

蜂蜜に蟻たからせて描《か》くあそび「母」という字の見る間にくずる

コンクリート打ちたる崖が水抜きの穴より吐けるさくらのはなを

葉桜を漏るるひかりをわれ仰ぐ〈われ〉の意識にむしばまれつつ

プレハブに如来坐《いま》せり黄桃の缶詰積むを前景として

いにしえは骨納めしと店主説く古瀬戸の瓶子《へいじ》逆さに振りて

焼窯がなかは燃え上がる赤松の灰しき降れりこの壺見れば

桶の飯もったいつけて摑み出し塊にして葉蘭に据うる

なぶらるるほど匂い立つ山椒という構造が汁椀に浮く

嘴

朝けぶるひかりのなかに路ありて芥をつつく一羽の影は

ごみ袋おおえる網のかたえにて庚申塚に積む石は古る

蜘蛛の巣にからむ葉吹かる蜘蛛の巣のひとついつしか裂けゆくまでを

家蜘蛛をひきずり退《すさ》るは尻あかき蝱《あぶ》の類か塀の面を

嘴の動ける見れば蛇《くちなわ》を屋根にはこびてむしり食うらし

蛇の肉はげしくつつく嘴のしばしば瓦に打ちつくる音

食い終えて瓦のへりに嘴太鴉《はしぶと》はしごき拭えりその嘴を

針金のくいこむ幹に飴色の脂《やに》をここだく吐けり八手は

塩豆

「馬鹿鍋」の看板を過ぎ「バラ荘」の角折れてより夜を迷いたり

社会保障なき在日は呵呵呵呵と店開けにけり妻死にし日も

塩豆を噛みつつ酔えばわがコトバ乾きて跳ねつ塩豆のごと

「パップコーン」「もろきう」と書き「ギンナン」はなぜ片仮名と思えど問わず

金皿にのせてぞ見するなまじろき玉《ホーデン》これより刺身にせむと

靴下に雨水しみて座りしが頭《こうべ》は何に激して喋る

忘れるからまた生きられる習いにて、忘れ果てたりかの侵略を

項垂れて眠るを揺すり起こされて目の前の皿食いはじめたり

ヘラクレイトスむべなるかなやこころには水より炎生《あ》るることあり

檳榔

くろがねの扉の塗りの剝げたるはひとびとが日日掌に押すところ

朝遅きひかりに透ける皮蛋《ぴーたん》の黒をくずせり芋粥の上

巨大ホテルの空調機械が吐きやまぬ熱風にわれ吹かれてあゆむ

あしひきの圓山大飯店《グランド》に棲むごきぶりは赤絨毯の上に死にせり

本省人は国民党による台湾接収前からの居住者で、親日感情に篤い。

プールサイドに椰子の木植えて本省人平泳ぎすも姿正しく

水に入れば蛙の脚の確かさに水蹴り進む台湾の富者

蔣介石夫人渡米し歯の無きに空輸さすらし蒸しカステラを

二十四金茶器あつらえて飲みにけり砒素、青酸の類を検すと

餡色に焼けたる皮を削ぎ切りて俺に差し出すすなわち食えり

情報を侮る都市の速度かな牛肉麵館《にゅうろうみぇんがん》と等量の礫《れき》

汁碗に盛る牛の骨つかみてはしゃぶり飽かざり台湾乙女《おとめ》

嚙むほどに眩《くら》むといえる檳榔《びんろう》と煙草とありて煙草買う俺は

路地行きて露店にふとき麵を嚙む排気ガス除《よ》けマスクずらして

嚙み棄てたる檳榔の実のくれないのあまた落ちいき台北の路地

玉市に玉を掻きては選るゆびの奏づるひびき止むことのなし

香港

新空港建設予定地

島一つ削れる跡が海原のかさぶたのごと機窓より見ゆ

生ける蟹縛りあげては酒甕の底に沈めつ香港の路地

包丁で包丁を研ぐ火花見ゆわが粥すする市場の奥に

鶏《にわとり》の手羽つかんでは抱き寄せて喉裂きドラム缶に放り込む

喉裂きて鶏放り込むドラム缶静かなりけり静かなりけり

水を張る盥のほとり離れざる尖沙咀《チムサーチョイ》の市場の家鴨

鉄鍋の肌をひっ掻く音のして炒飯置かるるまでのときのま

油染む食堂の床踏みながら「ぶたぶたこぶた」わが唄いだす

雲の上に天国あらず西方に浄土のあらず空より降《くだ》る

空港に北京語「謝謝《シエシエ》」「謝謝《シエシエ》」と石臼まわすごとくひびきぬ

北京

垢黒き膚《はだえ》に絹のうすものを羽織れるごとし再開発は

油絵をわが見て歩く描かれし裸婦も描きし画家も死にたる

青と黒の絵具の薄き層として秋刀魚は皿に身を横たえつ

珈琲の粉は香れど注ぎたる水まずくして珈琲まずし

豚肉の脂身うすき食卓に不機嫌なりしと毛沢東は

「前向一小歩文明一大歩（まえをむくちいさないっぽはぶんめいのおおきないっぽ）」小用を足す

毛沢東死にていまだにイメージの再生産さる市に並びて

長城に手編みの帽子売る声は下り来たれるわれらを呼ばず

羊角《ヤンチャオ》という産婆あり捨つる母あれば拾いて貧しかりしと

梅干

鉈ふるう肉屋の軒に吊るされて籠のめじろはよき声に啼く

臓物を皿に盛りあげ広州の肉屋笑むかな「ニッポン、トモダチ！」

水槽の底に「つ」の字に縛られて重なりあえり食わるるまでを

クラッシュする場面映りて「哎呀《アイヤー》！」と唸るテレビを真似する俺は

握手せむと夢にわが寄る支那兵は手首なき手に腹を押しくる

「それなのにねえ」と唄いて大陸の生皮剝ぎては南へ下る

「慰問袋開けたらグリコ」統制下新聞広告効果絶大

南京にわが病み伏して高照らす日清カップヌードル啜る

にぎりめし食みて梅干ねぶるとき分泌すらしもナショナリズムは

プールサイド

夏来ればおんなの肩にあざやかなツベルクリンの痕ぞ恋しき

道の上のかまきりの眼は大股にまたげるわれをいかにか映す

市営プール有料駐車場は松木立松葉に車体さやりつつ停む

プールサイド敷石にわが腹這えばしきりにのぼる細かき蟻は

水蹴りて浮きくるまでを月光のような孤独に充ち足りにけり

あおむきて水に浮かべば青空にたのむものなし曲がりて泳ぐ

クロールの息継ぐときを崖《きりぎし》のうしろの青に浮く鳶ひとつ

迷い箸

秋天の青ふかければ電線を引きちぎりつつ倒れゆきたり

あおむきて瞼《まなぶた》うすくひらけども目は数珠玉となりて動かず

棺桶に眠れるときをまなぶたの野をどくだみのはな咲き充つる

つまむとき崩れて灰になりそうで骨の上にて迷い箸せり

ひと葬る船より見れば街の上に浮くマン・レイの巨《おお》きくちびる

骨灰《こつばい》はあっけなく波に溶けにけりわが間抜けなる声洩れ出でて

釣りびとの捨てたるふぐがふくれつつ怒りながらに干乾びはじむ

友死にてピカソがともす蠟燭の火の感傷を忘れかねつも

靴紐

また結び直して歩く右足の靴紐ばかり解《ほど》くる午後を

アスファルトにこびりつきたる赤黒き蚯蚓の切れかわが踏む見れば

西日さすC会議室に差し入れの伊予柑を厚きふくろごと呑む

説きやまぬ男の喉の絆創膏うごめく見つつ会議は進む

討論に倦み疲れつつ眼鏡はずし柄を折り置きてなお言いつのる

水晶体迫り出て画面の文字を追う生物学的適応として

過ちの命令《コマンド》送ればあやまてる紙が束なす微熱を帯びて

居眠りよりめざめてわれは眼鏡かけウルトラセブンとなりて飛びたり

受話器より英語聞こえて繰り返し日本語を言う日本人ぼくは

言葉剝ぐが他民族支配の要諦とかつて剝ぎにき日本人ぼくら

どら焼きをはみ出て床に落ちにけりひとかたまりの粒のあんこは

仕事してひとり残れば受付の花瓶《はながめ》の枝盗みて帰る

紙屑

傘と傘ぶつけつつ行く路傍《みちはた》にみどりを増せりえのころぐさは

雨の日は左手首が役に立ち傘の柄掛けて企画書を繰る

くしろなす山手線の扉《ドア》開きカレーライスの香を吸い込めり

円盤の形に揚ぐる春菊を突《つつ》きて崩すうどんの上に

紙屑を捨ててコートのポケットに手を入れたれば紙屑があり

左右はた上下のどこが欠けたるか見えざるごとく苛立つ今日は

皿の絵の牡丹もろとも鱒の子のつぶ沈みけり泡《あぶく》の底へ

箸袋二重に折りて四重八重に畳みて捻り、反論に出づ

帰り来て脱ぎし背広の襟を噛む髪切虫を闇に放りつ

うがい

白身魚代用品なるはんぺんを二切れ食みて白粥啜る

トイレまで廊下歩くと点滴台転がしゅくにいつか縋れる

病棟の消灯ののちカーテンが映すテレビ画面の明滅

来週にはここを出てゆくわれゆえに同床の老いと交わるとせず

うがいして上向くときをあかねさす夕焼け雲の夏のひと切れ

頭蓋内の蛇口ゆるびてしたたりの皿打つ音を聞きつつ眠る

点滴台押して巷にもとめ来し林檎をかじる芯細るまで

午後のひかり

ぺらぺらの通勤定期の文字流れかすれたる頃、新品届く

一昨日《おととい》のホームを走りていたるひと今朝は歩めり同じ時刻を

乗れざるを乗らむとしたり乗りたれば乗せむとはせずドアの際にて

金平糖のふくろ破れてひかりさす朝のプラットフォームに散れり

踏んばらぬことはよきこと駅階段転《まろ》び落つれど痣ひとつ見ず

コロッケにそそがむとして指先はソースの瓶を突き倒しけり

ゴムホースが路の面に吐く水の午後のひかりにくつろがむとす

色見本

貰いたる名刺の納まる暇《いとま》なく重なりてあり灯《あかり》の下に

色見本繰りつつ朧　新橋の三月の夜のかの浅葱色

サリンジャー死にし話題は牡蠣の殻開けて啜らむとする間に終る

むらさきの澱をグラスに飲み干して胡《う》散《さん》な話に関わる俺は

酔いたれば無用となれるわが首は重たげに揺れ傾ぎて眠る

あじさいの広葉の上に蟻ひとつさ迷うごとし昨日《さくじつ》のこと

庭隅に打ち棄てたりし土嚢より生い出でてひらく甘草の花

跋

焼きあげて型より出だす鯛焼の余れる皮は鋏もて切る
鯛焼を頭から食いちぎるとき暴れやまずも掌のなかの尾は

巻頭の二首。おもしろいではないか。型からはみ出した皮は、チョキチョキと切って成形、一丁上がり。現代社会の画一化した人間の姿である。その成形された人間鯛焼を頭から食いちぎろうとすると、とつぜん鯛焼にも五分の魂が目覚め、握った手のなかで尻尾が暴れはじめ、ばたばたと暴れやまない。それを両手で抑えつけて食いちぎろうとする形相は必死で真剣で、それゆえに滑稽でもある。

こういう発想を機知によって得たというより、全身から噴き出すものがあって、それが「暴れやまずも掌のなかの尾は」を躍動させる。鯛焼は、下句にいたって活き魚に変容する。活き魚の尻尾の暴れる力をありありと現出する。

〈灰皿におんなのゆびの消す煙草ふいに吸いつきたしリビドーは〉という歌

もあったが、この作者の根底には、充溢したリビドーともいうべき、抑え込んでも抑えきれないようなエネルギーに満ちた生の欲望が渦巻いているかのようだ。

蛇の肉はげしくつつく嘴のしばしば瓦に打ちつくる音
食い終えて瓦のへりに嘴太鴉《はしぶと》はしごき拭えりその嘴を
鶏《にわとり》の手羽つかんでは抱き寄せて喉裂きドラム缶に放り込む
喉裂きて鶏放り込むドラム缶静かなりけり静かなりけり
臓物を皿に盛りあげ広州の肉屋笑むかな「ニッポン、トモダチ！」
「それなのにねえ」と唄いて大陸の生皮剝ぎては南へ下る

食う／食われるという、一方的ではないダイナミックな関係にしばしば歌はおよぶ。嘴につつかれる蛇だってはげしくのたうって抗っているだろう。それを押さえつけてつつく嘴の激しさ。生の争闘。食い終えたあとに満ち足りた静けさはやってくる。

鶏と人との関係になると、これはまた、たんたんとしたものである。熟練した作業によってキュッとも言わせないで喉を裂いてドラム缶へ放り込む。何の感傷もない。〈そういうもの〉として生命をあつかう手つきに、ある意味で感嘆している。

人と人との関係にも、歌は感傷をさしはさまない。「ニッポン、トモダチ！」と言ってにっこり笑む広州の肉屋の前には臓物が皿に山のように盛り上げられている。「注文の多い料理店」ではないが、その臓物が「トモダチ」になった日本人のものであるかのような錯覚さえ抱く。そして、日本人の方はと言えば、「それなのにねえ」なんぞと呑気にうたいながら「大陸の生皮」を剝いでは南下していったのである、あの頃――。食ったものはつぎには食われる。食われたものは、食う。

ミルの歯が珈琲豆を砕きゆく。緩慢な緩慢な緩慢な、死。

真野少という充溢したリビドーは、食うものであって食われるものだ。珈琲豆を嚙むミルの歯であって、緩慢に嚙み砕かれてゆく珈琲豆だ。嚙み砕かれる響きを味わうかのようにミルの歯はゆっくりと回転してゆく。あたかも、おのれが砕かれるときの快感を味わうかのように。

天空の傷おおいたる綿雲を血のにじみそむ首都の夜明けは
浮浪者の吐く息しろく何か言う。何かに manger《たべる》 のみ聞き分けつ
蛸の足いっぽんいっぽん切り落とし陳列なせり値札をのせて
乾び果て醜く皺む紫陽花の球を崩せりわが掌のなかに
死にかけの蟬咥えきて翅もぎて脚もぎて部品となしゆくはよし

《完全に無名なる者《a complete unkown》》貧困の本質をボブ・ディラン唄いき

アトランダムに引いた。現代社会の大きな主題を孕んだ――メッセージとか素材とかそういったものではなく、文字通り孕む、妊娠している――歌集である。

＊

この作者は、まだ三十代の頃だったか、歌集を出そうとしたことがある。しかし、歌集は出さないで、勤め人になった。溢れるリビドーを持て余しながらのモラトリアム状態に倦んで、本能がそれを選ばせたのだろう。

なぶらるるほど匂い立つ山椒という構造が汁椀に浮く

帰り来て脱ぎし背広の襟を嚙む髪切虫を闇に放りつ

山椒は、匂い立ったか。

二〇一五年十一月六日

阿木津　英

あとがき

小学校の卒業アルバムに両親が寄せた言葉は、トルストイの小説の題そのままの「光あるうちに光の中を歩め」だった。母の字だったが、思いついたのは父だったろう。それから光を怖れるようになった。光は僕を探して追いかけてくる。僕はそのたびに逃げ回った。クラスメートが雪明かりのなかを大学入試会場へ向かう朝、下北沢の雀荘の押入に隠れていたこともある。

贅沢な話ね、とひとは言うかもしれない。地球の半分しか、いいえ、ごく一部にしか光はあたらない。光を求めながら死んでいくunknownのことを思いみなさい、と。

unknown？　大阪支社にいた頃、今日のランチはどこでとろうとオフィス街を練り歩く、その地続きに西成があった。転がり出る酒をつかんで造作もなく飲み干す。失った足の先を包帯でぐるぐる巻きにして路上にへたりこむ。鳴らないラジオやサンダルの片方を売る。彼らはなぜそこにいて、おまえはなぜここにいる？

彼らはただ不運だったた。僕は幸運だったのだ。僕はまぶしい光のなかにいた。幸運な者が幸運を独り占めにする世界はまちがっている。光のあたる場所を変えなければならない。しかし、僕は相変わらずランチを食い続け、unknownに関わることなく、城にたどり着けないKのようにまわりをうろついているにすぎなかった。unknownは貧困であり在日であり支那兵でありゲイであり犬でありかなぶんであり父であり母であり佐野君であり僕自身だった。僕はせめて、unknownとの距離を測量し、世界のどこに自分を定位すべきかを知ろうとした。

この歌集は、歌を作り始めて間もない一九九五年七月より、二〇一〇年三月までの作から、三八〇余首を選んで編んだ。僕の所属してきた「あまだむ」そして「八雁」には「先生」と呼ぶ習慣がない。それは僕の性分に合っているが、阿木津英氏は文字通り師として教え導いてくれた。感謝の思いというのがあるなら、こんな気持ちなのだろう。

二〇一五年九月記す

真野　少

真野　少（まの　しょう）略歴

1961年　神奈川県鎌倉市に生まれる

1995年　「あまだむ」入会、作歌を始める

2012年　「八雁」創刊時より参加、現在に至る

歌集 unknown《アンノウン》

平成27年12月１日　発行

著者　真野　少

〒602-0862 京都市上京区河原町通
丸太町上る出水町284

発行人　道具武志

印刷　㈱キャップス

発行所　現代短歌社

〒113-0033 東京都文京区本郷1-35-26
振替口座　00160-5-290969
電話　03（5804）7100

定価2500円（本体2315円＋税）
ISBN978-4-86534-134-8 C0092 ¥2315E